水云的图腾

沈丙龙 著

海峡出版发行集团
海峡文艺出版社

图书在版编目(CIP)数据

水云的图腾/沈丙龙著. —福州:海峡文艺出版社,
2016.10
　ISBN 978-7-5550-0900-9

　Ⅰ.①水… Ⅱ.①沈… Ⅲ.①诗集－中国－当代
Ⅳ.①I227

中国版本图书馆 CIP 数据核字(2016)第 236812 号

水云的图腾

沈丙龙　著
责任编辑　莫　茜
助理编辑　刘徐霖
出版发行　海峡出版发行集团
　　　　　　海峡文艺出版社

经　　销	福建新华发行(集团)有限责任公司
社　　址	福州市东水路 76 号 14 层　　邮编　350001
发 行 部	0591－87536797
印　　刷	福建东南彩色印刷有限公司　　邮编　350008
厂　　址	福州市金山浦东上工业区冠浦路 144 号
开　　本	787 毫米×1092 毫米　1/16
字　　数	100 千字
印　　张	16
版　　次	2016 年 10 月第 1 版
印　　次	2016 年 10 月第 1 次印刷
书　　号	ISBN 978-7-5550-0900-9
定　　价	36.00 元

如发现印装质量问题,请寄承印厂调换

序一

沉淀的诗情

许怀中

中秋过后又迎来国庆,这段迎来送往,情感波动。好不容易静下来,读读青年诗人沈丙龙的诗稿《水云的图腾》,情绪沉淀在诗情之中。

曾由莆田侨乡时报编辑、诗人倪伟李的推荐,我为出生于20世纪70年代的沈丙龙诗集《四合院里的风雨》写过序,以《诗歌留下岁月的痕迹》为题,在报刊上发表过。序是去年底写的,想不到不到一年的时间,勤于笔耕的沈丙龙又在报刊发表了不少诗歌,这本诗集收进他的200多首诗歌,又将出版,我不禁为故乡作家的勤奋而感到欣慰。他曾和倪伟李合著诗集《水色的光芒》,后单独出版的诗集《四合院里的风雨》也是200多首。这次,伟李又推荐我为沈丙龙的新诗集作序,我便欣然命笔。

据我所知,前一部诗集《四合院里的风雨》出版后,反响甚好。老乡著名诗人朱谷忠认为沈丙龙的诗,特别善于对细琐的事物进行非常态的描述,但意向明晰,角度独特,不屑掩饰,心灵澄明……他的心灵中,似乎还纠结着一种对社会生活中的许多琐碎过程和现象的表达,有温度,也有悲悯。谷忠觉得能找到"属于他的某种性格特征"。他读了《四合院里的风雨》,

以上的感觉得到印证，沈丙龙对他接触和认识的事物，除了有多角度的表达，也有多种的沟通，体现出一种复杂的心理凝聚和多变的组合（《精神的独旅》）。著名作家、编辑王海椿在《灵魂之美的呈现》中对《四合院里的风雨》"侧重表现的不是感性外观，而是用诗性的思维、诗性的感悟以及诗性的语言，来建构自己的精神世界，追求诗歌的深层的意蕴。"我在序上从新诗发展史上曾经出现"浅露"和"晦涩"两个极端的现象，说明沈丙龙的诗歌创作的道路是正确的，既不"浅露"又无"晦涩"之弊。他的诗作内容丰富、语言柔婉、含蓄内敛，有一定的哲理性。"诗歌留下岁月的痕迹，反映不同时期复杂的痕迹，诗歌离不开生活，生活是创作的源泉。"

　　细读《水云的图腾》部分诗作，觉得这部诗集更有诗情的张力，文字也更加成熟老练了。这主要体现在诗作的内蕴更深、更开阔、更丰富、更有内涵。如对"水云"以多种形象作比喻，它"若龙"、"似风"、"若雨"、"如夜"，"使大地如此盛开"。大地的舒展，以"盛开"形容，很别致，而传神。渲染了"水云"的图腾。全诗虽短而含义深广。又如《凤凰木的别名》，结尾是："在南山侨城西街/想厦门大学的校花"，写到我的母校，觉得奇特，怎么想到我母校的"校花"，后从篇名中悟到，原来指的"校花"是凤凰木。想起母校校园，凤凰木盛开的情景，正如诗中所写：它斗艳争红，"太阳下/树上那花、那叶、那果/地上因你垂展开来鲜艳美丽/你像一面羽状大镜子/照得让人越看越心神怒放/慢慢地/放下了城里喧嚣的臂膀/我买下一粒红褐籽"，接下是我上句所引的结尾。这是写景、写情，诗情的张力很强。

　　在许多诗篇里，诗人更巧妙地融入象征、想象、变形、意识流、荒诞以及蒙太奇等手法，这也是诗情更有张力的契因。如《一把泥的躯壳》，以泥土的"躯壳"象征人生的命运，《塔尖上的冷雨》，其中的"冷"，含意和意境无穷。

　　"冷"啊！落在心的出口

　　然后等待

　　用一道皱纹，用它取暖

　　呼吸占领着胸口的一切

　　我未能通读沈丙龙这诗集的全部诗歌，但仅从这部书稿中，读到了它的精彩，读到了青年诗人的创作潜力，愿这是诗人的新起点。

2016.10.9 于榕城

　　（许怀中，原厦门大学中文系教授，后任福建省委宣传部副部长兼省文化厅党组书记、厅长、省文联主席等职，出版多部学术著作、散文集，享受国务院特殊津贴专家待遇，现为中国作协名誉委员。）

序二

诗情的张力

吴建华

我的家乡是一个出诗人的地方，先是出类拔萃的倪伟李，他的诗，在我们的心中激起巨大的震撼。后来又出了一个沈丙龙，异军突起，以诗情的张力征服读者。

鉴于两位诗人的风格有所"雷同"，所以他们联袂合著，推出诗集《水色的光芒》。此后，沈丙龙又出版了他的诗集《四合院里的风雨》，引起不小的反响。经倪伟李推荐，要我为沈丙龙《水云的图腾》诗集作序，并传来诗稿。

读罢这些诗稿，我的心被深深地感动了，这些诗不仅具有感染力，且具有丰富的想象力。正如《水云的图腾》所描述的那样："水云，若龙/这回是真的来了/像一阵风/分外存在/来了/仅隔一条路过宽窄巷/水云，若雨/岁月一角的路上/多少地方，剩下等待/如同夜的到来/既准时又有效/大地如此盛开"。这首诗，可谓是《水云的图腾》诗集的代表作。在《一个歇在时间里的背包客》里，诗人这样写道："我还有一匹白马/一个铜铃铛/袒露走在与晚景对视中/替我问候/生活的仪式/我在时间的回收站/又错一回出发/剪了一段零碎的旅程镜头/串联起来/在外乡，大雪封山/拿起一杯久违的红酒/你看见的/一切都是与时间/分手后的模样/那躺着，沙漏的开始"。这首诗里，描写一个袒露走在与晚景对视中的铜铃铛。而在《遇见》一诗中，则是这样描述一把古筝的："同在他乡，想想六月的漫长/我还未休息夜晚就重返天亮了/一不小心以另外一种姿势/像一把挂在墙上的古筝，显得严肃"。铜铃铛，代表情感肆意的宣泄；古筝，仿佛是哲者理性的思考。

诗情，离不开激情，离不开热情，自然也离不开爱情。《在周末寂静的阳光中》一诗中，作者是这样描写爱情的"要这样去读取/瞧，窗外的阳光/吻着我的眼光/当我开始爱上你的时候/不仅仅是一张脸庞/真阔气/我确切，借助这阳光辨认/已早已放下/年少时的悸动/倒是相反/可如今我深深爱着你/几乎不用再交往/那忠于我的胆汁/我爱过，没有别的/相遇的阳光/以及，一串水云的葡萄"。如果说《在周末寂静的阳光中》一诗，是对爱的直率表白。而《尚未分开的雾》，则是含蓄的意涵。"雾来了，不分东南西北/与我相会。前方埋没了/我一直站在门口/好多事情就成真了/你也看不到我/这一大清早啊/被消费、偷去的状态/还有你那心中五、六月的蔷薇花"。

现代著名诗人艾青曾说过："一首诗的胜利，不仅是那诗所表现的思想的胜利，同时也是那诗的美学的胜利。——而后者，竟常被理论家们所忽略。"而在沈丙龙的笔下，一些奇特的想象、隐喻、象征也会时不时如清风拂面而来，赋予了诗歌更多的美感。他把诗歌与日常生活相结合，并将其提升到一种美的至境，把日常琐事，催化为生活中的哲理，同时也为我们提供了一方心灵的栖息地。

在《一把泥的躯壳》《天空脸庞也有困倦》《太阳的后裔》《老式的旧痕》《古城墙的童年》《端午节》《月末钓鱼竿的尾巴》

《海螺》《凤凰木的别名》《夜在水里舍不得扔掉》《铜钱草》《塔尖上的冷雨》等作品中，我们看到了一个真诚的歌者，他以自己的方式唱出了对光明、对往事、对自然的热切呼唤。也只有对生活极度热爱的人，才能写出如此颤动心弦的诗篇。生活因为有了张力而伸缩自如，而正是这些张力为他支撑起了一片诗歌明净的天空。

在《天穹接近了靠近了谁》中，他笔锋一转："所有坊间故事的结尾/一年不如一年。唯一剩下的是雷同/我已经看得眼花缭乱/却总有那么一个位置留出不期而遇/我试图逃脱，或远或近/至少那样我可以看一下高空/低头回忆过去的一些时刻/萤火虫无处不在，有时一对一对飞过/在上个世纪，我就已经降生兴化平原/换上今天，现在称谓是一零后/时间没有固定的标签，也无法阻挡/或者承担历史或接下来的责任/故事顺着天穹下行云流淌着，讲述着/一艘客轮失事沉没在无边的海洋里/距离距此很远，时间距今很近。"在这里，他为我们展现了一幅有关时间的图景；在这里，时间是可以"移动"的，它甚至把他带到了他的出生地，"眼光也以另外一种方式打量着"，而"未来并不陌生"，"包括它对你的拥抱，以至不会走得太远"。他的这种表达手法，为人与时间的"和谐"指明了方向。沿着这些文字循迹探踪，我们还能进入到诗人深邃而丰富的内心世界。

每个诗人都在用第三种语言说话，而沈丙龙的处世哲学恰恰成了他的第三种语言，在一种看似平常的叙述中，他为我们带来了丰富的意蕴，诗人的多维视角和细腻敏感的思想，呈现出了自由豪放的"气质"。他在用词、意境上颇下功夫，用真挚的情感弹拨着读者的心弦，引起共鸣。

等"那把黄泥土"，"被捏成陶片烧制"，"然后，等待新的时间一层一层脱落"，而我开始"进入酣睡的城堡"，"跪在充满暴风雨的石拱桥上"，"向你致敬"。这些极具诗情的语言，又成了抚慰心灵的灵丹妙药，生活是艰辛的，同时又是充满诗情画意的。"无边的夜前有一盏孤单的灯"，而"春天云彩何日又会聚合呢"，诗人用空灵的文字、深沉的哲思、朴实的心声，给人以无尽的回味与多种解读的可能。

  作者以《水云的图腾》作为诗集的书名，意蕴悠远，令人深思。上善若水，风云际会，诗情那巨大的张力，正产生着摧枯拉朽的效应。

（作者系中国作家协会会员，原莆田市市长、福建省农业厅厅长。）

序三

在诗的花海中徜徉

倪伟李

诗歌是情感的一种真实流露。这在丙龙的文本中,更是得到了一种淋漓尽致的铺陈与宣泄。之所以说"宣泄",是因为他的诗歌有着一种与生俱来的爆破力和细腻的思维,而它们恰恰为他赢得了一种长久的生命力。他的诗歌或直白,或婉约,甚至只是用寥寥数语,就能叙述出一种生活本真的风情。细细研读他的诗,你会被他朴实的文风深深打动,他的诗歌随和、自然、亲切,像一件晶莹剔透的玻璃艺术品,会让人不自觉地深陷一种语言的深渊中。诗人敏锐的感知力,更像是一把锋利的刀子,它能切割出这个世界原本的样子,它会时而让你疼痛,时而让你沉思,时而让你清醒,它会让生活的甜蜜和痛苦相互交织,它会让你尽情地展开想象的空间。丙龙多视角的文字,如同一台摄像机,能随时捕捉到生活里的每一个场景,通过语言和思想的切换,完成一种细节的盛大绽放。

回到生活,他又是一个细心且充满诗意的人。时间定格在1998年,春暖花开的某天,一次不经意的接触,他在《星星》诗刊、《诗刊》等纯文学杂志中,吮吸到了丰富的精神乳汁,这些可以让他的心灵产生震颤的文字,在他的身体与灵魂里生长出一种巨大的磁力，这股神秘的力量，像一片圣洁的光芒，牵着他缓缓地走向缪斯，靠近这片诗的花海。从此以后，他对它产生了感情和依恋，这种美好的情感，让他看到了一片明净的天空。汩汩的灵感，从他的身上像泉水一样流淌了出来，"情性所至，妙不自寻"，诗歌的奇妙之处，更在于它能和你的身体一次次产生"交流"与碰撞。他在诗歌的布局上，是十分到位的，总是能描绘出一条条清晰的脉络。他冲破着现实中的种种迷茫和桎梏，让精神世界呈现出一片澄明之境。

　　这18年来，他固执地守护着内心的光明，守护着如钻石一般散发着光芒的诗歌，这些优美的文字，有着力透纸背的深刻，让他沉醉，使他"意乱情迷"。在早期的打工生涯中，诗歌就像是他的"生死之交"，他能感受到诗歌在他体内萌发的一片片春意，而诗歌总能一如既往地聆听着他的快乐与忧愁。他们是互通的，更像是连在一起的血肉，他们形成了一个完整的个体，"你中有我，我中有你"。从某种意义上来说，丙龙对诗歌的爱是热烈而真切的，里面没有虚假的杂质，他们和谐融洽，他们共同筑建着一座"爱之城堡"，里面有浪漫的风月，也有俞伯牙和钟子期的高山流水。我甚至更愿意把他们称为一对精神上的"神仙眷侣"。

　　丙龙的诗歌是真诚的，这诚如他对生活的态度。他的语言朴实、大气，诗人的爱来自白昼和黑夜，也来自生活的灿烂和风暴。他热爱生养他的土地，他用心地经营着生活，即使现实曾让他四处碰壁，但是他从未气馁，从未放弃心中的种种信念与期望，而生活给予他的疼痛往往令他措手不及，这些疼痛是真实存在的，它们甚至长久地寄居在他的身体里，而正是它们让他具备了独立面对困难的勇气和力量。在这里面，诗歌已然化身成了他的一个知己，它默默地陪着他，穿过每一场风雨和阴霾。

丙龙常说，他对诗歌始终保持着一种敬畏。而这种敬畏，如同清澈的泉水，会缓缓地浸漫他的全身，会让他的心性变得柔和。这种敬畏，甚至长成了隐蔽的内在力量，它支撑着诗人的风骨，在这个多变而繁杂的世界里，固守一片心灵的圣土。更多的时候，他对这个多元的社会，一再表达着理性的思考，他对生活有着"切肤之痛"，而经过风雨洗礼后的他，变得更加强大，在一番"峰回路转"后，生活则回馈于他亮丽的花色和绚烂的春天。

一个人在外的日子里，诗歌让他看到了更多的"艳阳当空"。一个带着诗歌行走的人，内心是富足的；一个在诗的花海里思索的人，是幸福的。他游历着祖国的大好河山，用当地的风土人情，喂养着他诗歌的幼儿，它们跟着他在异乡，长成他喜欢的模样。甚至在每一个夜深人静的夜晚，诗歌也能为他挠去心底的寂寞，让他那颗思乡的种子，迅速长成一座花园。花园里有阳光、雨露，有秋千、繁花，他在里面休憩，同它们嘘寒问暖，它们俨然他的至亲。而通过诗歌，丙龙留住了自己的时光，这些记忆的碎片，通过组合和拼接，复原了他的每一幕过往……

丙龙的诗歌，没有矫揉造作的成分，更没有刻意雕琢的痕迹，他顺从自己的内心，在一种简单而又充满哲思的叙述中，将生活的诗意娓娓道来。他常常"搭起帐篷"，"在大地四方听悠长的风声"，而"多雨的天空"，在"荷香平卧池中"时，"洗礼一缕身心"。他的意象缜密，随意铺开，就会化成一张纸上的鲜花无数。

在诗歌混乱的年代，能用真心日复一日地坚守着这块

"阵地"，必然是对诗歌有着一种根深蒂固的感情，这种感情是难能可贵的，甚至是"剪不断"的。在这个"快餐化"的时代，大多数人的内心是浮躁而纷繁的，他们没空搭理内心的诗意，而真正的诗人却能用它取暖，甚至"给一盆水"，就可以像铜钱草一样"绿得满盆"。

如果没有《水色的光芒》和《四合院里的风雨》两本诗集的出版，也许至今还不会有人知晓丙龙原来还是个诗人，他一直走在"告别与归路的匝道上"，他把自己的一生都装进诗歌的海洋里，他用它们御寒，而"未来并不陌生"，"让人越看越心神怒放"。

也许，丙龙的诗歌并不是特别出彩，但是他对诗歌的爱，超越了一切，甚至能让尘世无数的"虚情假意"汗颜。诗歌如"无声的轻风传来"，他甚至像一个孩子将它们"拥抱在腰间"。真正的诗人，是善良而可敬的，他能通过自己的本真与纯净，为世人展现美好的一面。而丙龙正是其中的一个，虽然写诗并不能"养家糊口"，而他却要让它们一直"貌美如花"下去，因为他已经有了一片为它们遮挡风雨的屋檐。在诗的花海中徜徉的人是温暖、幸福的，通过它们，他"仿佛与世界握手和解了"。

2016 年 9 月 30 日

（作者系莆田侨乡时报文学副刊主编、莆田市作家协会副秘书长。）

目 录

第一辑 老式的旧痕

3/水云的图腾

4/老式的旧痕

5/一个歇在时间里的背包客

6/并不陌生的角落

7/海螺

8/可不要小看这一跳

9/圆桌晚餐

10/浆糊

11/鱼儿的爱

12/遇见

13/另一座城堡

14/总怕被遗忘

15/父亲节

16/上上下下

17/都是你想要的感觉

18/葬礼上活着的死法

19/日期档案的答案

20/目睹一个人的景色

21/自然的冠冕

22/夜在水里舍不得扔掉

23/借给我的真谛

24/没有回退的路

25/假如的假如

26/我没有睡

27/土地上的一棵树

28/光

29/杯中酒

30/谁把磨说清楚

31/等着的迟到

32/天空下陌生的手

33/在周末寂静的阳光中

34/一个人的晚餐

35/夜阑风足声

第二辑　背壳的蜗牛

39/背壳的蜗牛

40/尚未分开的雾

41/天黑的背影居然这么大

42/旧时光

43/离去的坠入

44/在今日里遇见昨日报纸

45/孤岛的夜

46/相见不见往来

47/日落泛出日行

48/扁担

49/站在时间的远方爱你

50/一纸匿名的姓氏

51/弧线

52/菜小令

53/就等走过这一场雨

54/塔尖上的冷雨

55/留着回家的根

56/隐藏在肠里的灼热

57/露宿夜间的云尖

58/雪融化之前的落叶

59/街道隔壁的细雨

60/我想去看一场雪

61/我还贪图世界地活着

62/赶赴另一场过道

63/漫游的家训

64/四月里起伏的山丘

65/我以为可以忘记

67/大地上的旁听者

68/搁浅这里过

69/兜风兜疯了

70/全裸的盲人

71/我想回家

72/夜前去作客

73/路的蛛丝马迹

74/清明节

75/一个圆圈的句号

76/口袋的客栈

77/逍遥的雨眼

78/平宽行善

79/边境通道口

80/大喇叭喊牵牛花

81/有无四方

82/魂牵梦绕的轮渡

83/沉睡途中的守望者

84/武夷吹风

85/水多了，瘦也是一条河

86/飞机只管上天

87/天涯茫茫路

88/洪钟与时间隧道相依

第三辑　天空的繁星

91/天空的繁星

92/一条方言最初的领带

93/到底发生什么真实的事

94/我带了个话来

95/和光天长地久

96/飞走

97/一个人的旧居

98/开端往往是终点

99/给你

100/戏剧的无穷

101/寻找想起的话

102/遥远的道路

103/赎回我的结尾

104/回不去的门

105/翅膀隐含着酸辛

106/一摊鲜血

107/烟云落尽销画屏

108/一两三四

109/昨天的一些符号

110/来一场翱翔的纷飞

111/上尉的女儿

112/为了

113/大海的片断

114/爱得有点窒息

115/前尘往事浮上心头

116/生活的味道

117/地下的本土风

118/丈量

119/天空脸庞也有困倦

120/岛和船

121/穿插一把小钥匙

122/梦的冷处方

123/老街的悸动

124/再也回不去了

125/踩下刹车路

126/嗔痴

127/煽情的天

128/苟且的治愈

129/绳子的自由

130/双脚那么近

131/爱着半途而废

132/为什么要死

133/地的步履

134/古铜色的法门

135/择路

136/葫芦

第四辑　太阳的后裔

139/太阳的后裔

140/剪去迷离的归期

141/时间不是谁的故乡

142/拽住远方

143/早餐食路

144/一对古老和现代的对联

145/游颐和园记

146/一个洮砚和两只蛱蝶

147/夜里的一芍药

148/远方你不哭

149/月末钓鱼竿的尾巴

150/又一次孤傲脱俗

151/凤凰木的别名

152/青春巷道上的边境

153/我真的不欠你的

154/我的左右两旁

155/铜钱草

156/遥远的那点距离

157/吃线面时想做什么

158/给夜里人一个情怀

159/字都在信里面

160/古城墙的童年

161/一枚枚造型

162/时间奴役着蒙昧的古训

163/不回避的世界很宽很宽

164/一幅自画像

165/替代有什么差别

166/经过一段时间回头看

167/也许他们是对的

168/端午节

169/梦醒了都已出卖

170/轻轻地走到那里

171/小人书

172/哪儿也不想去

173/路过有个地方是隧道

174/骆驼

175/时间的帝国

176/请客

177/不要互掐了

178/须知

179/一个人的帝国

180/去看她的华容

181/未做好到达的准备

182/癞蛤蟆在时间里想什么

183/眼光约束了人

184/锅盖下的一炊烟

185/烙印

186/一把泥的躯壳

187/放学后

188/一根稻草绳

189/深邃的远方

190/雨中的锈色伞

191/在退回的裂口里逃逸

192/雨水第二乡的签

193/充满变数的聚合

194/初熟

195/阳光里的回声向上或向下

196/夜里风铃的原型

197/路子上留下的轮齿

第五辑　阳光照在山岗上

201/坡不肯衰老

202/阳光照在山岗上

203/智齿与谁有何干系

204/我的一个生命和灵魂

205/风有一个梦想的机会

206/勾兑瓶底的酒

207/时钟坏了，遭到时间的遗弃

208/天穹接近了靠近了谁

209/时间赚了世界上所有的活

210/抵达

211/那时刻的来临

212/喜悦登临整个一天

213/星星的背

214/文明的狂者精神

215/他走远了就让给他吧

216/蚕丝

217/水云无我

218/汗水

219/看雨

220/辽远的脸庞

221/以身为心

222/掠不走的夜

223/大地上的无北海

224/浅浅无期的步伐

225/驶进时间港口里的译制厂

227/附录

第一辑

老式的旧痕

水云的图腾

水云,若龙
这回是真的来了
　　　像一阵风
分外存在
　　　　来　　了
仅隔一条路过的宽窄巷

水云,若雨
岁月一角的路上
多少地方,剩下等待
如同夜的到来
既准时又有效
大地如此盛开

老式的旧痕

在这四面被熏黑的夜里
我随手扔了一枚石子
尔后碎开,成为大地的一回难眠
夜,仿佛从来没受到过什么其他的侵扰
我忘了,深陷此地

此去不远,一睁一眼的
夜占领了白天一部分的神色
带走了上空的一片行云
却永难止息
直至自己粗糙的胸口位置
伏案洗去,不被绝情地抛弃。或剩下对峙

一个歇在时间里的背包客

我还有一匹白马
一个铜铃铛
袒露走在与晚景对视中
替我问候
生活的仪式

我在时间的回收站
又错一回出发
剪了一段零碎的旅程镜头
串连起来
在外乡，大雪封山

拿起一杯久违的红酒
你看见的
一切都是与时间
分手后的模样
那躺着，沙漏的开始

并不陌生的角落

我现在单身但并非我的自愿
因为白天放弃了在我面前
挽回了夜的漫山遍野
并裹着我的双眼，捂住漏风的白云

我走在告别与归路的匝道上
夜独自使着一个露头的眼色
醉与不醉就这样开始了

海螺

一生囚在沉睡的背壳里
用脑袋走路，爱漫步
走路似扶着地平线一样平
这并非御寒、隐藏

从我身边爬过。螺丝纹
　　像一个驼背的哑巴老人
学会了对远方的凝望
　　静静的、孤独的

对未来并不陌生
一生都装进海水里
　　这也好
不用卸掉一背子的壳

可不要小看这一跳

  我被捡回来
我不能不提到你
  秋天很红很熟
把它按在胸膛上
可听到心跳的节奏
哦，这或许多么神圣
  我曾经发誓
我崇拜这样的美景

圆桌晚餐

这是个圆桌晚餐
有音乐手、画师、从政者、哲人
教师、医生、环卫工人等等二十三人
还有一个位子上留坐着一口古钟
合计二十四位
用一副一样的碗筷
用一口古钟赚一样的时间
旋着一个共同的转盘
吃着一桌共同的饭菜
谈着不同人生的轨迹

浆糊

人生百态,引导你我
你看着我,我看着你
直至柴火灶烧热锅里一壶浆糊了
再待到冷却后搅拌
浆,像长眠壶中,既麻木又冰冷

他,厌恶这一切
他说自己只是一个樵夫
一辈子以柴为生

他,牵着他的驴下山去了

鱼儿的爱

鱼儿永远呆在一个老地方
对水有着无限的爱
水会为了鱼儿的爱
　　碎开一切
也愿化为鱼儿嘴边的唾沫
　　　如此的默契
　　　如此相拥的口吻

遇见

同在他乡，想想六月的漫长
我还未休息夜晚就重返天亮了
　　一不小心以另外一种姿势
　　像一把挂在墙上的古筝，显得严肃

不知是哪根筋绷紧了
活在大地上，此时此刻，又如同天籁
如此，相互绷紧相互瞭望着
　　弄醒了熟悉的位置

眼睛、耳朵、嘴巴，还有呼吸的鼻子
　　眉毛
从背影看起来似把自己藏在了身后
　　让你藏。让你走，六月的遇见

另一座城堡

有时候美丽的风景
其实是因为你的一次远行
　　距近，因为垂手可得
　　心情无法激起惊涛骇浪
　　不再奢侈且过于平淡

距远了，风景一旦收费
将不再被擦肩错过
　　而是驻足停留
因为往返路程需要时间与油费

有时候，不知道为什么
我们简单仅仅要求门槛升高一些
然后，比如享受着付费带来的另外感觉
　　而不再讨价还价，吐槽
仿佛滚入赌场里的球一般
　　各个洞穴随便滚
　　只要留个影就行

总怕被遗忘

总怕被别人遗忘
不断迎合参加各式各类的聚会
　　　看看那满月时间的安排
然后，留待着去要到别人赞许

如此，像照相时那样逼真
　　　面对镜头无法释然、自然

要是个矮的
在后排非得踮起脚尖
　　　否则，会被洗劫空白
才会留下半脸记忆
然后，作为最高价值存放别处
　　　如相框中
从而产生持久性，没有结束
　　　不被遗忘

父亲节

　　　夏天到了
节日的见证
微信朋友圈满屏
　　　晒祝福、晒记忆
仿佛文字的时刻
仿佛跨越了一切的阻隔

我也书写
我，那个少年。满脑子
一个拿着锄头的男人
头戴一顶顶天的草帽
像一集守护者的手册
　　　标记这段记忆

那个时候孩子是扁的
　　　谁知道呢
狭小的自我。伟大的男人
带着我们在风和日丽下活动
　　　你看
我也升级了。父亲节快乐
孩子也如是与我说

节日快乐！三代，三个称呼了
孩子。我，父亲
孩子，我。父亲
孩子，我，父亲

上上下下

　　左　　右
我惧怕过马路看到刹车的痕迹
　　但
我有勇气去投海

都是你想要的感觉

开了个天窗,聊点私密的吧
　　风吹草地
一只屁股决定脑袋的夜蛙
不明事理地哇哇叫着
　　我听哭了

　　我等在夜边
找谁在你的背后陪在你身边
　　你为什么不快乐
或许,你为什么如此欢喜

夜、蛙、我,还有风和草
　　我等在夜边,开着天窗

葬礼上活着的死法

告诉你一个活着的死法
　　　美到窒息
最大的问题是垄断了时间为私人
　　　直接说
你调戏了我，也调戏了时间

一百年前。重要议题
　　　不用跑
　　　道
红灯闪过了就绿灯行
只要能够辨别颜色不偏差就行
无须再靠什么蒙混过关
　　　比如，人的脸色

偏了偏了。南辕北辙
　　　葬礼上
若打破时间的垄断
活着会有一种怎样奇怪的感觉

日期档案的答案

长方形牛皮纸档案袋
  存放着
我曾经回答你问卷的试题

  看
圆圆红唇印章下
封条却旧得快要脱落
浆糊糊糊涂了

  过后拆开看
答案：
  对？
或
  错？

日期空格，填写
2016年7月1日

目睹一个人的景色

一个人坐着。风摆动
感觉饱满又感觉残缺
看夕阳西下

霓虹灯闪烁亮了
　　回头一看
又如未了的提示灯

　　旁边的铁树
昨天成熟开花了
那场前天的雨下得好像很恰当

此刻的岁月
回头一看
渐渐懂得有你
　　　有你的体恤

夜，留给我了一份缝隙间的豁达
　　假如我找到了自己
夜还会不会继续偷走远方破土的目光

自然的冠冕

太阳出来了。随你来了
天空戴着一顶湛蓝的冠冕
就在身边。一如既往
一样美好,一样自由

可我用什么来盛装
上空如此的热忱

燕子们依旧飞在天空
金蝉们依旧趴在树枝上鸣叫

我有许多目不可测
我有许多听天由命
任着我,自然、目瞪口呆

夜在水里舍不得扔掉

一不小心,我的脚滑进了水里
手倒也不吝啬给予了同情
等待和我一样从水里的出逃
我不是最后的独行
　　晓,也有草鱼、小虾
我
跌进了一场被水湿凉的城池
这也好,水瞬间得到了驻足
我的身上。我还是这一张面孔
其实你知道,今晚我又喝多了
可你一直羞于说出
即使天还是继续稚嫩黑着
但无边的夜前有一盏孤单的灯
照亮了落日后的蜗牛

借给我的真谛

很多人会叫好的
或许会是嘹亮的声音
用一生之久,用一手之指
打造了一枚戒指
来面对生活的叙事
或者补贴寻找识别的出路

押上未来,早晚还是会发生的
还是等些日子
空着位置
毕竟时间还会继续来开场的
为此,这个过程
我认清一盘三针的入神
秒、分、时,比天高,比地厚

时间是一种例外
从自己的身上疾驰而来
却一开始,左右一直平等

没有回退的路

抱着陶泥罐,南瓜熟了
为什么心存顾虑
真是没法救赎
身体就这样慢慢无家可归
如同孤儿,矮矮的

看一眼无名者,不是错觉
弯腰,威胁不到任何人
可今夜漫无边际,把我惊醒
又是一个弯
姗姗来迟,脚下却永不停滞
我看见没有人回头……

假如的假如

世界上最近最遥远的是假如
他是一座渲染着的礁岛
坐落大海，却不埋葬
总靠近事实范围的附近
但一切的希望未到临都并不真实

所有的假如都是对时间失去后的假如
所有的假如都是对自己无知后的假如
所有的假如都是因过错缺席后的假如
所有的假如都是因血液幻想后的假如
所有的假如都是因束缚与自由的假如

我说过，假如是陌生的亲戚
为了你相信我。你的脸庞
我假如觉醒再走一回
为了灵魂里一束最美的柔辉
假如你同意再来出席

假如与假如相依为命

我没有睡

暮色钟声在山野中响起
我饮下毒鸩
太阳像朵白花落山了
我没有睡挺身等着死
这像上演一种活法

从前的我死了
你且活着。于是
我听到了再一次哭泣
像现在这样
这就是我们
留下一抹凄凉的痕迹

土地上的一棵树

我知道我是一棵树
树上有一个鸟窝
飞也飞不走
但像真的要飞上天

叶是绿,天是蓝的
看一眼,我便会想起你

谁和着风飞过来了

　　一棵树
只为了远方的行走
有时候一不小心
　　落叶

光

光,和着颜色嫁给世界
　　我,成为沧海一粟
从而,我的名字更加牢固
无论炙热与清凉

看,我从光那走来
　　光看世界
绕过了第一眼的遗忘

杯中酒

我该怎么办，与酒相逢
　　　借着月色
看昨日你错拿给我的高脚杯

可我再也记不得
当初是用左手还是右手接来
只依稀记得
两耳听到的声音从高至低
以至于此刻
我只能从内心深处里再找寻

那是一个什么声？是嘱咐声吗
会不会与杯中酒也来一场相逢
　　　然后，把今夜灌醉
正好借月色搀扶一程至天亮

谁把磨说清楚

磨一圈有三问
我就一直站在门口
黄豆不会想到这一墙
但影响到夜里的这代人

只是我忘了
那个弱的坚持,一旦形成了对比
像江湖规矩一般
开了一扇落地的窗

人和夜是很不一样的
所有那些日子
总是转不过弯来但出人意料
结果就是这么一写
夜里抓得零碎

等着的迟到

我要等
你什么时候来看我
还有那大草原
等等春天,等等雨露

我在你的天边凝眸
等一等。窥见
那大草原上
一匹白马
吟着风儿奔腾
　　　发酵着

多么动人
等着的迟到
只有一个我

天空下陌生的手

我知道这是你当初下的雨
　　　恣意的
你的鸟儿在叫
我没有逃避，在树荫下走
在远方。砍伐

大家都在你那休息了吗
真相谁也不清楚
我在天空下分享
　　　　　不完整的
小草一地
蚂蚁一群
还有一双沾满油污的工程手套

在周末寂静的阳光中

要这样去读取
瞧，窗外的阳光
吻着我的眼光

当我开始爱上你的时候
不仅仅是一张脸庞
　　　　真阔气
我确切，借助这阳光辨认
已早已放下
年少时的悸动

倒是相反
可如今我深深爱着你
几乎不用再交往
那忠于我的胆汁
我爱过，没有别的
相遇的阳光
以及，一串水云的葡萄

一个人的晚餐

从早餐开始
在记忆没有消亡时我留意
　　撇清关系
在时间的过去
一双筷子
一杯豆浆

我知道
除了交谈、咬嚼
今天，一个人的晚餐
　　局部的夜
我不知道
却总感觉，哪里不对
开始忧郁、懊悔

哦，晚上我要独自回家
　　无人搭讪
　　不被人偷听

夜阑风足声

冷月披星水倚影
西桥落岸纸作画
遍看吹风一地来
晚秋何愁不落叶
一条青石不上楼
再见我醉篱人下
蹉跎不前路苍茫
滚滚长江东逝水

背壳的蜗牛

第二辑

背壳的蜗牛

是用来治病的
蜗牛爬那么慢
看。遥望远方
如同一则寓言

这独自的独白
总在别的地方
攥出几个孤独

但毕竟。终点
遗忘又开始了
　　挤出了
剜掉了
一只蜗牛的慢动作

尚未分开的雾

雾来了，不分东南西北
与我相会。前方埋没了
我一直站在门口
好多事情就成真了

你也看不到我
这一大清早啊
被消费、偷去的状态
还有你那心中五、六月份的蔷薇花

这十二月份的天
　　只剩下
雾的对证
你忘记了我的距离

我还在门口
却好像被深埋被围堵
这不可复制的缩影
在等我。我在等……

天黑的背影居然这么大

我背不动你了。魅影
这个年龄不够，有些瑕疵
当我变老，从头到脚
始终伴有日历的眷恋

背后。穿过也在此驻足
还有我一片背影
躯体赶赴下一节
　　年谱的诞生

天亮之后
谁也没有看见
　　勾当天亮
这，另一种的经过

第二辑　背壳的蜗牛

旧时光

那一年,风吹江南
镂空的天空下
我出生,包括月份
时分,还有秒
以及我的性别

今天,我搁浅这沙滩
没有杂念。开始演奏
为你读、回忆浪涛的脸
还有一些旧事的插图
我害怕。跑题

我在等老。聆听
呼吸开始的那一秒
可以有两种方式
一种急促
另一种睡着的心平气和

离去的坠人

一个事先张扬的自杀者
选择这样卑劣、怯懦的方式
与谁道别。还在路上
有些匪夷所思

上一道话痕
仅此而已吗？不泛滥？
我要握着你冰冷的手
我们还要分手
看你去死。凭借你的名字
我留下了证据

在今日里遇见昨日报纸

在今日,我遇见
告别。昨日报纸
我蜷缩、停了时间
看昨日的颜值
还有一幢二层涂鸦小楼

匿名翻译着
一壶三昧茶
像一个宣传团
颠碎着时间
进行一场新中式生活
以及那一根琴弦
联盟着
循环时间的通关的游戏

孤岛的夜

孤独的岛
点一盏灯

有一个夜

我趴在窗台
没更好选择
当了管理员
小心翼翼地
把它们装起
将空隙填充
撵走了地点
裸露了岛颚

还有
夜的
若干部分

相见不见往来

若不能相见
我等天黑
等一次潮涨潮湿
咸咸不去的海水
冲刷过往的无名沙脚印

那一束冲天烟花
惊动了雪的
寒与白
为何如此昙花一现

若不能相忆
忘了,也与谁
乘浪往来无所归
一只背着壳的海螺
到处为家,与海相望

日落泛出日行

为了给你一个回报
黑夜燃尽了白天的光
白天吞食了黑夜的色
我曾为你阅读
找回什么是模样
但依旧
总有一幅黯淡的肖像

在你面前
那些错过的绽放
一步一步走向预知结尾
那一粒粒分子
泼洒没有结束的时间路上
也许我也受往事限制
可如今,踌躇满志
可光影,也有熠熠的彼岸

扁担

差点脱肩,只欠地点
当我走过这四台阶
对面那几张格子眼
再一次亮起来
落在竹扁担的节崖处
仿佛又一次专属来帖
带着绰号
经过似启事,寻路、寻人
但保留着
一截扁担长扁担宽的距离

站在时间的远方爱你

我爱的人
被我埋进棺材的一角
两眼中
天上星星一点点

当我厌倦了一个句子
刻写在墓碑上
许多未解的寒冷
将被时间与肉体遗弃

没有关系
时间已喊不回来
突然忘记
躺在了哪个的下一个关口

一纸匿名的姓氏

一切在回忆、纠葛
然后分别、停顿
等等，让我想起更好方式
没有结束的现场
我无法公布
拐弯是什么模样

弧线

天空的破绽

飘浮着一丝鹅毛

风也坐地起驾

一会儿跌，一会儿涨

如私奔

悬了。那丝鹅毛

塑一风袭来

　　　画给

漫长却低空的跋涉

菜小令

走村庄
一滴汗
一粒粮
那么静

食言者
见了面
一把勺
两根筷

不剩饭
不剩菜
一小口
小馄饨

就等走过这一场雨

雨下得冷冷的、白的
有冬季作证
风那么单薄、短暂
来不及发酵
有身后的窗台填补

自我的救赎
我,又藏回茅屋
在雨中的出行
没了清澈距离的结尾

翻过天空的故障的雨下
我弄丢了你的声音
谁?挡住了我的过去
天和地
互为等待,在劫难逃

塔尖上的冷雨

我可以说一口"冷"字
唯火焰与螺丝钉穿过
到处都有不肯衰老的雨、风
　　到处下落、挥洒着
也曾坚硬。杀戮

我有你的赏赐
高高的塔耸立着
心里暖和一些
为了迎接，见到你
我穿什么。孕育着
在塔檐的遮掩下

看，雨落下来，又湿又大
我的一只手
"冷"啊！落在心的出口
然后等待
用一道皱纹，用它取暖
呼吸占领着胸口的一切

留着回家的根

隔着一层玻璃
我望着窗外
我想着,回家的路
山上那片着迷的绿林
雨一滴滴落下

玻璃窗上
像天气温度的记录仪
像一艘帆船
在我的无声
在我的眼睛口袋
靠的位置如此亲近

回家的路
勾勒着我对你
许下的一场时间的约会
任凭雨下的抛弃
或恐慌
在那空旷的日子里
我,留着回家的根

隐藏在肠里的灼热

我无法使你回心转意
刚才的雨下得如此有水平
我留着一种表情
我看见草
听到蝈蝈声
还有一条蚯蚓的回来

我发现身体记住的胸口
随着雨下也落在这田间
旁边,还有一口废旧的井
还有芦苇
屹立在低处寂寞着
或许,这是最后一处
既开口向上又隐秘
与土地
勾兑着井水与雨水的品质

我,说不准
这两者的最大区别
不管古今经典语录
只需找一个借口
要一回你的回心转意
哪怕,蠢蠢欲动
那富有强烈的感情

露宿夜间的云尖

我站在云尖
回头与你说
脚下是如此轻
却高不可攀

我尝试擦拭月亮
那里有一场,庇护
梦的遗址
叫醒了。懒虫

与夜私奔
我关系没那么好
风动。忘了
云哪,栖居午夜

当有一天
在你到来之前
只有独处
才是忠诚的守夜人
我,从乡下赶到这里

雪融化之前的落叶

你还有时间
和一些零星的小雨
等一树落叶
看满地风雪

我只是弥补着
给那朴素一叶
因为,靠谱的轮回

慢慢枯萎、瘦小
在狭长的时间空隙
独创
一地风雪的配色

还有几个主角
也找不到
为你在蔓延
借助
这道未曾融化的
雪的部分的风景

街道隔壁的细雨

午后的一场细雨
在入冬的窗口
飘飘洒洒
恰如还乡
搅拌着时间,滤清着空气

在这醒来的夹道上
我,腌制了啄着一嘴佐料
前往一程未返程的和解
我也有顾虑
窗边的雨,还怀在怀里
冬天也还在旁边
像个剩余的反复的久等

我想去看一场雪

还有记忆，无须刮骨疗伤
似一节补习课
你说过，今年春节之前
陪我去看一场雪
金童玉女。堆雪人
我九问你九答
犹如片片雪花唯一

风来了，雪也下了
下在春节牵手之前
可我不久。走在看雪入口
　　通过了
还缺少。你的下一个路口
我喊你，最后看雪的月光
一场雪
不。留下时间期限的纠葛

我还贪图世界地活着

当有一天我笑不起来时
请你撤回那一条短信
然后，给绿风一片绿
给眼睛一扇心窗
还有那介于你与我
可缺或不可缺的结尾

世界很大。雨很轻
以前不知道的样子
都露出涌入，与风对抗
从小雨下到小雪
那，无形的寒冷的问题
不再提那个夜晚
好吗？独自安静
一夜和一夜之间。经过

赶赴另一场过道

一直没有错过
凌晨的罗盘
零点的指针
又如同无法结束的自虐
不能言传

在完整的未消逝的漫漫长夜
我的哭，请勿挂念
以免误入歧途
从而彻底告别你的独白
我的最后的停留

漫游的家训

手抄家训
不可无期限地缺席
重磅重温
那一条条暗语
把掌上，把心上

我们这一辈
都是有缺陷的小丑
看，要谢幕的风口

我选择站在哪里
这唯一的答案。全揭秘
保持该存在的风貌
却仍然在肌体里
驻扎加深
减少了，睡着的姿态

四月里起伏的山丘

暮色的山丘
又一次如初的相遇
对我来说
如此的距离
力图刹车也刹不住

四月，锁住谁手里
回头看
算一笔又一笔的帐
答一本白纸黑字的题
行字间
有不成熟的间隔
字段里
有不成熟的距离

我以为可以忘记

我以为过了今天
下了一场大雨
刮了一阵风
我就可以忘记你了
可是,我没有做到

我以为翻过山岭
口渴唇干
脚趾破肿出血
我就可以忘记你了
可是,我没有做到

我以为干了最后一杯酒
全身上下都透着酒气
醉了睡了
我就可以忘记你了
可是,我没有做到

我以为你也以为
各自删除了微博、微信
格式化后电话
念一声南无阿弥陀佛
你就可以放下
我就可以忘记

可是，你我都错了
因为
你我都共享一轮初升的太阳
还有一个月影的院

大地上的旁听者

一双草鞋、一顶草帽
一个硬骨头男子
占着映月空间
站在时间行囊里
完成与大地挤兑风波

看不见的，正当时
看得见的，讲不出

搁浅这里过

不用成本
我紧张,我恐惧
我敬畏
可以是苦涩的哑巴

我熟悉,会走进下一步
在别处,有很深的误区
当田间谣曲响起时分
彼岸的水像诗,像分娩
意图停留、回味

坐下来
我在下一秒在想什么
有些时候,结果
与想的毫不沾边
从来的路上出发至此

兜风兜疯了

这个年度,落日近了
放手一听
风继续吹
我没想要别的
只是想着当年那件攥紧的风衣
兜里的兜风
别等风吹,干瘪了
到最后
大家都来看,疯了

全裸的盲人

被套的一束阳光
等风来
一个全裸的盲人
我深深地被你吸引
没盐没油没酱

脱开来，让人难以忘怀
宣泄解压的胸口
留个影，印个证
因为
我不想摊上下一个不告而别
走过岁月

我想回家

别闹了，照此排队
不是竞赛
像一只小鸡
红土地脚印上
正在拐着弯。麦地
错过要再等一回蒙在鼓里

别叫，叱咤
送别挂在嘴巴上
别问，没有标准答案
继续等，自由等
站在转向线上等
落了听，呼吸。心脏仍在

不过，我在这里
你在哪里
我不熟悉大道、咫尺
我想回家
因为时钟的邀请
春天已经到来

夜前去作客

你是否可以让我再爱一回
夜晚的帮助
它永无过失

更何况
还有一药补剂
你有许多武器
何必动真格

如同夜的财产
都公开
但需要点灯清点

路的蛛丝马迹

穿上鞋子，我想回家
偷喝了点酒。再抿一口
不再仅读着路过
头发与钥匙一样凌乱

二十四节气被盗号
我闭眼念数逃出
这不是那注册制的画面
你走过了我的肩膀

有那么长的路吗
放在太阳下晒干
可四月的雨水
总是以第一人称书写
说着：以后

我，重新加载了泥水
有时是窒息
一个乡村。还清
掉落进
隐藏在不同代码的线眼

清明节

氤氲多情的天
岔路口山边
我两眼一阵疼痛

桥
毕竟，顺着路
前方就有一块石碑

一个圆圈的句号

你用爱恋的双手
采搭着一个朝天的圆圈
双眼看过去
慢慢地看着我
　　慢慢地
我走出了你的视线

突然间，想起小镇
古栈道上
记忆中老榕树不时掉一片叶子
年龄，至今还是个谜

口袋的客栈

假如还有一个口袋
　　　这条线索。胎记
我。将用来放下
脖子上那条蓝色领带
腰间上那条牛皮色皮带
手腕上那块你送的浪琴表
以及想起
脚上穿的一双灰色袜子

然后
挥手，一场陌生的嬉戏

逍遥的雨眼

作为愣头愣脑的旁观者
雨前面的脸
如漆着古铜色

牧场旁
那双黑白犀利眼
涂抹着上一层妆
别无他物，除了颜色

遇到大地
免除了我一张入场券
一起看一场集体雨

平宽行善

大道有天，所以德
天有大道，所以生
天有大地，所以平
大地有天，所以宽
人有大地，所以行
大地有人，所以善

边境通道口

多方奔走
很久没这样经历
看一片甘蔗
骑一次单车
看夕阳落山

进入傣族村落
重走一回夜路
听蛙声的潜逃
看芦苇的睡意

我，端走夜路足迹
有一种反复叫岁月
　　　众目睽睽
星辰的凝望
遇见你与我。难再见

大喇叭喊牵牛花

虚掩的窗、暗香的茶清
眼下看
在犄角旮旯,一朵牵牛花
俗名也叫"勤娘子"
大喇叭。带着玫瑰红

带露来,在墙头
已不见模仿的娇柔
忘了。一样认真
此地无人耕

有一种习惯,戳到心头
不管你愿意不愿意
那是风吹的成熟
但,从未感到习以为常
因为,我
无法完全拥有潜在的阅读

有无四方

留白的位置
向四方缘一曲
向大地复青来

田野上,稻谷熟了
你始终是你自己
贴在脸上
贴在四方
时至今日,通宵达旦

魂牵梦绕的轮渡

撑起竹竿,千里之外
包括你,变成竹筏
走,走啊……
回家!家在那窗外的家
　　　　你懂的
喝一碗白米酒
看一口一天井
带一处晓得
给我年久失修的籍贯
怎奈此时有了古朴厚重
乱了纷纷远去的往事

沉睡途中的守望者

假如留下来是为了挽留失去
假如离开是为了翻新再来
美丽的人，那便是真的懂了
如：查询天气预报
　　看新闻联播
这处方，使症状不再蔓延
很快喔，我就会回来
比如还差几步
遗憾，岁月在汩汩流淌
以及某处无法对号入座的隐蔽位置
很难靠补充互相环绕继而想起……

武夷吹风

都走了,留下半窗的大王峰
九曲重的思绪
拼购与大改版,那么棘手
一个诡谲多变,一个清雅不羁
将对话变得络绎不绝
我再搜肠刮肚,也道不尽原穴
撞到了偏执
直到一线天。第一山
消停一下,脚下的汛潮也近了
雨后,中午用尽了半窗
撕下乱了蔷薇的一些破事

水多了，瘦也是一条河

我会不会湿身
隽永绵长的河
关键南方的雨下得如此持久
我也曾走出家门
我续上，是谁的成全

飞机只管上天

一言一颦一笑
也是生活的一部分
飞机途中，踮起脚尖
给一次逾越的机会
更上一层楼
不用再担心秃头的丑样
看一片蔚蓝天空
听，机鸣声响
上天入地。放开，管住
往下看：红土地、绿山坡
我只是经过的模样
航班提供了流动门票
免费的延误
免费的颠簸
城市，居然很小
打开遮阳板
我，紧扣着安全带

天涯茫茫路

水云起，接天地
　　只忠于盘山的顶峰
似乎是世界上最好的外貌
　　若是安静
　　却是如此相拥
　　若是豁达
　　却是如此守护
缘于处变不惊的崇拜

谁都一样，娶了时间
却又不舍得放下
　　到了入夏
布谷鸟相鸣，尽染无穷
一起相遇，一缕炊烟
在如此绽放的距离分娩
瓦当上刻印有图案、文字
　　我依然在遐思
在屋檐下看滴水流过

洪钟与时间隧道相依

重新再来,这一口洪钟
敲响时间的存在
不是迟到的晚归
不是静止不动
甚至,不再停歇

我看到,日历的袒露
这个季节属于下一个月份
那个自由的清风
不用谁开口
冰雪的融化如此闲悠
对于结局,实在没有约束

回头赎回看时
带来了现在,用我在场
原址一片费解,就要冻僵
没有药方。只有你我
　　使人挨骂
还有一阵
要从你我中间穿过的洪钟声

天空的繁星

第三辑

天空的繁星

看着天空的繁星
我被你感动。后来

我看着自己十个手指头
我,发现既分开又相连

我用手指头的数量
重复数着一遍又一遍。不断

其实,繁星不需要虫洞
只不过天空锦囊里一点

一条方言最初的领带

哪一种方式,入学
不用焦虑、死磕
像一个老人

四月的灯下
我一直编写与删除短信
似乎是五月的留言

我不再反对用方言表达
出租房里只有我一人
不必过多担忧冷漠到旁人

依我看,摁着
晚上或许还欠一个噩梦
以及一册韵脚的方言
关键,要从我嘴里叙说

到底发生什么真实的事

在悬崖上，不再生嫉妒
停止出血，被簇拥

还有一个同谋。活着
怎么就没有抚养权

你把房子收拾得那么好
煮一锅白菜汤，也不放酱

这很正常，因为在太阳底下
我也转不过弯来

我带了个话来

那根手擀面杖
在眼下，如此神韵

你在哪儿？从今天开始

和光天长地久

放牧。到哪里去
在桌前,实在太幽默
看一盆铜钱草
根有点羞涩。生而不绝

祝贺你!盘结水里
盗个圆圆的花瓶
带透明却有点笨拙
不是人为的,以成型成形

就算恍惚、混沌
花开又一年。不用抢
一句话,和光同尘
可以说我的多少年

飞走

拓荒者，哪儿迁徙来
站在如火的心尖口

飞蛾扑火的故事
是否咎由自取？吞噬

小时候，总可以看你赴约
倒不像震惊的画面
更不是现在的恐怖袭击

戈壁岩，再来一趟
不可以滥用撒娇式的情

最后，把当年的一袭
仿佛补丁的脱落
去看一场，幸存者的上路

一个人的旧居

旧居里的走廊上
一只跳蚤,死掉

我也不准备回来
确实,也添不少麻烦

特别扎眼
喝了口酸汤

开端往往是终点

谁会是第一
你看错我了
在静点上

坐下来
人在死亡时
不是道别

你原先来意
已到达目的地
秩序
又愚行倒下

我知道
走进黑夜
像穿上一只新鞋
这是另外一条路

给你

愤怒的雷雨
就像喝下的预言
来自高空。还会远吗
你听。雨溅一身

戏剧的无穷

一旦被诅咒
尤其是鼎

你同我一起狂飙
实际我同你不存在

但是也有例外
关于徘徊的嗜好

寻找想起的话

似乎在寻找什么
有那么一条路
已经告老还乡

如若有人问我
在心上的地位
什么伤口永久治愈不了

而我的话
时间彻夜另外保存
在留声机边上

如果想要得到解惑
只要被记起时
关上附近一扇门即可

话，就在过去的路上
此时此刻。牡丹亭
已经不在眼前的甲板上

遥远的道路

因为你站在那里
将其他的逐去
白天本身失色
我合法让开了道路
你看起来更加深沉
你在新婚中排遣
　　日月兼程

赎回我的结尾

没有结尾的死亡
我为你哭泣一次又一次
还有月亮作陪
昨夜,我与你结对

哦,请你记住
我最后一刻为你一跃
赎回我的结尾

回不去的门

我带着生活的全貌
你也不必去躲避
假如生活还要继续
不用歇后语
假如锁心可以打开
不用钥匙
　　我想
两扇樟木门上的门神
一定会与曾经的春联
相映相照
还有那对铜质的门把手
　　据说
那是你嫁妆的一切

翅膀隐含着酸辛

你用翅膀
我站在地上

你可以看到
我获得自由的告别

直到月亮进入山峦
远离梦乱的时代

假如我是孤独者
仆役者
从此向着海岸

一摊鲜血

我献给你
那一碗鲜血
像夕阳的红彤彤

尽管现在还是正午
但风儿已经在那儿等待
随时可以凝固成霜

请别打搅呻吟
这或许是另外一个仪式
致之后一生的沉默

烟云落尽销画屏

上天赐你来
赠我一懦夫
瓶碎地有声
镜破花欺影

月亦有阴晴圆缺
人愁不知即归来

悲天如此大
大至如此小

可怜、可怜啊
高楼不知春
风吹故址不见人

一两三四

一生生死两个字
两眼望穿万事轻
三餐粗茶君莫悔
四季阳光天际流

昨天的一些符号

当我努力前行时
被淘汰掉的
只是昨天的时间

一台计算器与一根体温计
共同合计着
昨天离去的距离
与今天的温差

来一场翱翔的纷飞

写在手机里的短信
除了我自己
却不知道应该发给谁

在树洞的附近
看不见却听到鸟儿鸣叫
如果你来了，一样彼此

飞鸟，快去翱翔吧
在茂密的森林上高扬翅膀
何须恐惧，或者盼望

上尉的女儿

暂时过起上尉的生活
起程的前一天
我已准备就绪

看看我的帽子
也不必听猜测

上尉的女儿
我本想带你一起
穿过峡谷，走进村子

可有一天我站在街上
我已经卸任
我去交差并接受通报

姑娘长得这么动人漂亮
你瞧，傻傻的淘气酒窝
可父亲是谁

为了

你为了我
为了我自己
我为了你
为了你自己

剩下一个
第三人称

大海的片断

在一片乌云下、怒海前
双脚赤裸叉开
由衷想有一处平静的印记
来，表现付出更多耐心
可今儿我显得有点愚笨
这 2016

已经有晨风开端了
而且并不是如此孤零零
这里并不是最糟糕的地方
因为午后的阳光照样照耀上空
只要你想通过的路

哦，不要再思索着从哪儿过来
此刻的时间与地点安然无恙
海有海的声音。退潮声、涨潮声
如果想要祈祷，不是道别
那就按照平时的方法
心向着大海，听无轨列车驶过

爱得有点窒息

我很享受你给带来的爱
但不要啊！恐慌
因为青春啊
它不独行

表面的阳光
我要把这件事情说清楚
那一尺深的地里
种着何种豆籽

我刚到，地球的边缘
其实，都在眼下
这边缘也不小
我买了一回存在

前尘往事浮上心头

补妆。修着下水道
因为陌生的背面

惆怅。不敢开口说话
作为一个初学者

拤拤。手中的那枚螺丝
难得一见
要小心旋绕何处

回望。因为不得不走
留下了初始的气息

生活的味道

在夏天的一直等待中
我赤裸上半身
一层一层地剥
那枚葱头
圆嘟嘟的腮颊

我愿意看到
妈妈最爱唠叨的味道
妈妈说
这就是生活的信仰

地下的本土风

辅导员
我使用了地下停车场

穿着短裤的小男孩
一阵缠绵风漏了进来

可不知何方
挠动了何风

久违的风格
道不尽那幽怨的罢休

丈量

距离是一把尺子
用时间丈量

来。看
一片青嫩芽变枯黄叶
从树枝上再到地面上

天空脸庞也有困倦

鲜血流淌在第一片枯叶掉落的时候
花园里有一株五味草
如今这些。我怕你的忧虑
早晨就能看见，撩人心怀

现在，我搭起帐篷
在大地四方听悠长的风声
还有避不开燕子飞走的踪影
当我感到内心的存在
可春天云彩何日又会聚合呢

我，进入酣睡的城堡
跪在充满暴风雨的石拱桥上
向你致敬。星辰骤然失色
那里天空好像一望无际
远远地望去，笼罩着乌云
正为，天空祖传的步履的回返

岛和船

诗歌,穿衣服
特别扎眼
看不太懂

船还没有动
岛的异乡
塔,根本呆不住

一个人的全集
合影留念
以后。你提供
我不在场了

穿插一把小钥匙

我从昨天赶过来
如果，今天我不走
　　就赢了
那么，明天又在哪儿呢
　　我，欲言又止
一个人在对岸遥想
我，入境了
是因为同意了
中间穿插一把小钥匙

梦的冷处方

还有星空，我像卧底
真相全在这里
一双眼睛，轻率地涉及
要将梦解析
从琴声到吟唱
或者悲吟至泪眼婆娑

静笃。紊乱
去他的吧
得一清，得救一壶白天
解得甚好。经由此过
蘸着时光，为何宰杀
一腹黑夜。使人其中

老街的悸动

指尖上还有一个背
那是朝天的驼
在云巅上
夕阳的纯粹
有着一份看遍世界角落的诱惑

保持一个姿态
走着走着路
包括我
看那,即将消失的老街
当夕阳落入手中

再也回不去了

我以为昨夜零点的一个转身
只是正常一瞬的动作
后来你柔弱地告诉我说
再也回不去了。原来
我发现至今还在今天
从来不管今后的有意或无意

踩下刹车路

一条路，不嫌弃足驻
你看，风起春江
俯瞰四季。人在
郊外抹不去的月光
依然满脸无缺挂在天上
似飘逸，似侵袭
透着风味，陷入不止

嗔痴

你来了,我走了
终于看到最好的结局
舍不得还是要舍得

煽情的天

小雨，天上有风
你那边天气如何
你在。我在
忽略了
想走走，有点懒

苟且的治愈

一辈子都想做英雄
跟着一条路偷季节
渡过江河。蜚声两岸

一个喜欢把动静弄大的人
一个人住着两厅
远赴,剩下一场美好的浪

绳子的自由

你有权见物不见
然后把头一昂
我有权保持沉默
然后痛哭流涕
再来一句,我们现在
不要这么相信自己如此充沛
你的特色。我的流程
后面还存在一个悖论

双脚那么近

在北京，顺便问个路
我想去雨停的方向
受冻的喉咙咽了口口水

踽踽独行
出租车挡风玻璃上雨刮的序言
装载着没让过消停

我卸下肢体语言
等待下一个东南风的复苏
在这儿，何须多言

爱着半途而废

那西的姑娘
画过一幅眼睛
我终于爱上了你

不必要你懂
亲亲茉莉花
偷去一处静谧

我的岁月
在忧心忡忡
一个人发芽、破土

为什么要死

我的死
然后
让着你去爱

地的步履

藏着被丢弃的炽热
踏着尘世的喧嚣与嘈杂
揽几缕云烟
如此猝不及防的邂逅
见,有一种彷徨

衣裳之上
有一种淡然、沉醉
心坎终于坐到了窗前
等待夜幕降临
独酌一天的回去

古铜色的法门

隔壁邻居与那扇古铜色的门
只有几步距离
如果不顾眼前

每天有银铛的声音
经过。却一直不见人影
为此,月亮每日早早落下

我经过的,都会留下
哪怕销声匿迹
如同古铜色的门一样存在

择路

陌生的字母,铿锵有力
好在假如。我过来
可以很幸运看到
你穿门而过那一刻

咖啡屋属于你的
就在身边

想象熟悉的第一次
身影没有那么大
身影没有那么忙碌
我也热爱生活

葫芦

苍穹下。霓裳
为了一次弯腰

地球是圆的
不二的选择。见了他

太阳的后裔

第四辑

太阳的后裔

看见。答案很长很长
你若来,我等你
你若不来,我便占有
往后,别人提起你
我将显露衬补
反正我给的是到老

剪去迷离的归期

山路逶迤，放牛的娃
抬眼望去。遏云
不知名的已远去
阻隔甚好啊
一个人时可以敬天地

时间不是谁的故乡

你是我的诱惑
一次偶然的经过
心不会骗人的
时间，慢慢变老
除了过去。坦然一笑
一起去醒来
便是最好
我是你的眼睛

拽住远方

洗了又洗,八卦照片
墙上的古钟,各去各留
看似结束,一切从头
凑着演算着,长短宽窄
不用雇佣。也曾搬过红砖

早餐食路

没有相约，只是到点了
又是一个一日三餐时间
一个饥饿、一个静候
点一杯豆浆
配两个馒头
与窗外那米阳光对靠

我在冥想，馒头上的一点芝麻
生不带来死不带去
而是天天享受日子
是啊，阳光明媚
一如原来。是啊，素心无尘
让下一刻更全面一点
任岁月荏苒。我不想拾起

一对古老和现代的对联

明明白白，稀里糊涂
这一对奇葩对联
在窗口，在门口
说着、看着人的一堆故事
却缺少了一个横批……

游颐和园记

阳光挺好的,不较劲
让人熙熙攘攘。看
颐和园里的长廊

进南如意门
读1860年的故事

从昆明湖到乐寿堂
从败家石到青芝岫
照此线路,还可以晒黑

我赶在天黑闭馆前
已到了北如意门

一个洮砚和两只蛱蝶

忘记已经什么季节
忘记出差为何带一个洮砚
忘记了蛱蝶是什么颜色
蓝白色？黑褐色？咖啡色

昨天还阴雨连绵
今天却阳光明媚
为什么是两只蛱蝶翩翩起舞
忘记了今天星期几
隔着日历。眼前剩下很多时间

夜里的一芍药

真的记不起第一次啼哭
陌生是什么时候产生的
可是，这到底与现在
我等待雨中有何关系
你说呢？存下来的夜雨
为何总依附过往行人身上
好像传统
如同父女血缘关系
如此美丽且不能否定的爱
那么……
关于故乡，关于彼岸，关于山寺

哦，如此的感觉在南方的乡下路
将会将遗失第一声啼哭带回练习
太好了。如此
有去寻回遗失记忆的可能
一路并有夜雨背景陪衬
还有蹒跚油灯结伴
我，开始陷入模糊的双眼
涂画着未来一切可能
用来偿还原来一切模样

远方你不哭

别再折磨你自己了
我简直就是一剂毒药
事到如今。又是记忆
可
唯一的失败就是放弃
可
坚持也同黑夜的疼痛
少了，一贴止痛膏药
从而随处散漫开来
从回忆里到现实中
一丝不苟流淌着

月末钓鱼竿的尾巴

五月末天空的脊梁
也有屋檐,也曾年轻过

风吹过漏着
掺杂一片气息渲染
打乱了正在修炼的姿态
旁边放着两根钓鱼竿

岁月蹉跎
山岗前的花荷靠暮雨补贴着
若爱,就叫她曲名

又一次孤傲脱俗

天不老，不能休
约吗，玲珑小声聊起
不分亲疏远近
嫉妒吧，还可以撇撇嘴
像虫子一样过活
像舵手一样自由
再也无须伴装、伴狂
管他什么天堑波澜
总而言之
为此可孜孜不倦
但求随意绽放、懒散

凤凰木的别名

茂密阔大且招风
当着众人面而疯狂文艺
为何不叫凤凰树？凤凰木
如此斗艳与谁争红
太阳下
树上那花、那叶、那果

地上因你垂展开来鲜艳美丽
你像一面羽状大镜子
照得让人越看越心神怒放
慢慢，慢慢地
放下了城里喧嚣的臂膀
我买下一粒红褐籽
在南山侨城西街
想厦门大学的校花

青春巷道上的边境

上周末的实践
我懂得
把下一刻交给你

忐忑等你出嫁
攥在手里的一个信函
我塞着
满纸理由的文字
尤其结尾写着
周末里外那满窗的雨

话又说回来
论着青春那把藤椅
我坐着、忧愁着
向外张望一枚脚趾印

我真的不欠你的

坐在星期天旁边唯一的空位置上
如果有第二次也到此为止

我真的不欠你的
正巧我陪你掉一滴眼泪

偷偷问一句
雨后的云还会远吗
剩下的日子我想去浇花喂鱼

我的左右两旁

我牢记着这些
不知要寻找什么
道路的两旁
如来又如去
阳光路上的地址
拖着木兰溪的潮水
纠缠起时光慢下来
等我絮叨
　　　　面前
我又看到什么

铜钱草

荷花的那种、诗意的那种
给一盆水就可以绿得满盆
看见了会想再回头看。看
心搁浅了，赏那盆铜钱草

生根开满花冠盾形铜钱草
种在水里，恪守自然位置
我穿过眼镜片孕育地寻找
用波浪缘叶洗礼一缕身心

遥远的那点距离

一切的烟云，皆是空中之物
一切的心思，皆是身外之音
如果遥远，你看看听听就行
直至有一天你祈祷习以为常
直至出生时远方的那点距离

吃线面时想做什么

在走进面馆的一扇门时
我想起给你写字条
说我想吃一顿妈祖线面
添放一勺辣椒粉

吃辣有时候很流行
我自顾自地写着
这是生活的一部分
这样说合适不
这样角色我似乎很娴熟

我在吃着面条
头戴高帽,把眼睛探出窗外
同时在眼睛与心间隔之间
我顺从着一团面条
一如既往
混淆着写字条的琐屑之事

给夜里人一个情怀

这属于你的,虽然夜漆黑一片
但不妨碍你进一步的拥有
包括它对你的拥抱
以至不会走得太远

撇下不要管了,电灯泡的瓦数
夜,可不是租来的魅影
那可是眼睛的名片
眼光也以另外一种方式打量着

字都在信里面

坐在她桌前,开始写信
像我这样弱小者
不会犯下隐藏的错

踩死那只小强
一门溜达溜达出来
送给你信

我顺着分时针走进
字都在信里面。静若
无意间冥冥中的妥协

但你,却不在这里
谁是最亲的知情者
我理应对此事了如指掌
她讲过
生活面前出现的事有先后顺序

古城墙的童年

我的心事，被证实
隔壁邻居玩着划酒拳

不要着急，都会睡着的
只不过时间先后顺序
十天前我就思考这个问题的问题
却遗忘了多年以前的一桩事
看，群鸟飞过酒桌上
开盖的麦啤酒
涉猎了茴香豆

站在地上的羽毛
大有被脑补和纠正之必要
此刻，古城墙遗址一千多年
我，仿佛与世界握手和解了

一枚枚造型

一本建筑杂志的封面
　　这个夜晚的底蕴
承载着落款封印的气息
大地，如此蜿蜒，如此停歇
为了来日白天的封顶

哦，都是造型
夜晚、白天造型，建筑造型
如此看来
建筑外多余的土地
版图无疑是受雇者

众所周知
即使你主宰了或抛弃了
别对这一结果表示怀疑了

时间奴役着蒙昧的古训

太阳已经落山
生命中还剩下什么
答案很长很长
直到你的死亡
而时间，它毫不诧异

由于敬畏的锁链
让怦怦跳动的心送进静室
哪里还知道
朝着时间劈开的方向
避免掉，第一次盛开的错过

不回避的世界很宽很宽

别把夜莺的歌
都活在自己内心里
有时候总觉得这个世界太窄了
虽然看过大海波浪
爬过万丈悬崖，惊心动魄

我希望能带你看看这里
一座山寺、一条铁索通道
一件碑铭作品
均经由时间静默通过
最后，高不可攀地完全跃出

恕我冒昧嚷嚷这几句
由于你对世界的眷爱

一幅自画像

这样一幅自画像
暴露一脸专注的沉思
在这视线范围的距离中找到自己的位置
你曾拒绝过别人递上的橄榄
似乎对于他们是失礼
因为,你没告诉他们为什么呢

看你像在休憩,又似在劳作着
你有何所求呢?景仰、爱慕自己吧
适当时候再愚蠢点尝试一回
享受自然纯粹的赏赐
不管怎样,都可以确定
视线内你都可以看到,但却寸步难行

替代有什么差别

告别秋天。季节被冬天替代
气候有这个功能

这不是好兆头
这一点也不奇怪
历史经验确实告诉了这点
天变冷。一块小卵石存在着
它到底想要说些什么

如果合理
我想替它开口发音表达一下
使它获得一种持久的存在感
如果现实存在
让时间和地点同时提供证明

可我不是气候啊
实在无法包揽它所有的言语
蛊惑人心去点燃煽动的磁场
无论如何，这是一种危险游戏的尝试
如此一来
替代被证明遭受了不是很准确到位

经过一段时间回头看

一堆破碎的片断
模糊了结尾的界线
我只能将断片再次拼凑一次
找到它们存在方式的位置
最后，依靠道坛
从废墟哀歌中走来

我将不会怀疑其太啰嗦
现实形成
一层一层不同程度的需求
五月和工匠
站起身来走两步

欢迎不断来侵扰影响
多亏界线的分开
没有结束，不被吞噬
暗示着一种迥然不同的状况
存在矛盾也没引起抗议

也许他们是对的

事物的奥秘自顾自地获得
有栖居在石头里
有禁锢在自身中
用那种栖居缩略疏离
用那种禁锢嘲笑清醒

没有人想过另一边有什么
诞生或发生什么，召唤什么
如今，我住在山巅
关上窗户。守口如瓶
相反说起了从来没有的事
如果她在，那就更好了

这一切都不值得碎语、陈腔滥调
戏剧的名录已被破译，暴露无遗
我轻微观看，外面一片寂静
他们自顾自地于我之外熟睡了
我不往里面看，我又在何处

端午节

多雨的天空,荷香平卧池中
地上长满了绿草和苔藓

在林荫中的凉亭
就像占领那一片森林
周围有些无声的轻风传来

顺着一条小小石路望去河口
我看见箬竹的安排
枝叶葳蕤

再度想着粽子的吃法
还有一次流产的亲吻
片片天空下
散发着呼吸的气味
谁能满怀从中拥抱在腰间

梦醒了都已出卖

虽然有时在穷乡僻壤的角落做梦
梦中,我也回到过去,自由自在
可这颗头颅啊,对梦中所知不多

因为所有的回忆,都不是完整的
哪怕梦中无边的疆土,随你驰骋
因为我会再睡去。对死亡的轻蔑

轻轻地走到那里

其实我不想走
因为时间的留驻
哪怕远方的喧腾

去煮一壶茶
陪一束午后的阳光
然后,看涨潮日落

轻轻地,我梳妆着
灵性,那脑壳的声响

慢慢地,我承接着
重重叠叠的寄取

忘了
时间的分明的见证
额外去看看安眠的前额

小人书

那年的七月，我是毕业生
我收到一份满足的礼物
　　小人书
里面有人，有土地，有流血
有钟声，有欢喜，有悲伤
更有户外打到的猎物
然后杀猪、烤兔、撕羊腿

我站在窗栏外翻看着
小人书的封面
哦，这是我的声音
日子走得太快，夺走我的呼吸
属于小人书里的世界
似乎从未有过、活过
看，比如六一儿童节
一班大人看排名
不分先后顺序（备注）

哪儿也不想去

哪儿也不想去
肩却背上包，路上走着走着
我急了，路有很多很多出口
都通至心的深处
谁知道我有一口满腔的话
漏在了鞋底，踩烂了模样

路过有个地方是隧道

有人把钱花在建筑楼房
我却把钱花去买一副眼镜

有人把时间花在打麻将
我却把时间花去喝酒买醉

有人的地方
有一个太阳,有一个月亮
有人的地方,有一个尊重

过隧道时,请小心驾驶
　　　　隧道内有点滑,有点黑
有人打着远光灯
　　　　我进入隧道洞,看隧道的路

骆驼

夏天非常的热、红润
　　　如同天地的佳酿

大鹰在天空飞得很自在
驼背的马
　　　没人策马扬鞭
沙漠里继续赶路

巧合的是都是路过

时间的帝国

时间三点给我了明白
让我去看零点的神秘

请客

假如晚上有请吃饭啊
那么，就请吃米饭吧
这样可以和你一起
一粒一粒米饭数到天黑

不要互掐了

让人成为人
　　　我们是人类
我们喜欢群居

你伸出五指、十指
张牙舞爪地
　　　如同利剑
掐我脖子，掐我眼睛
我伸出五指、十指
气势汹汹地
　　　浴血奋战似
掐你鼻子，掐你嘴巴
他在旁边如猴似拍照着
煽情夸掐得好，掐得精彩

你掐我，我掐你
他掐你，你掐他
他掐我，我掐他
掐、掐、掐着掐出生态圈
我们共同互掐
用五指、十指
甚至有些用九指、十一指

须知

写过我就忘记了
忘记了我曾写过

停顿，看流水的涟漪
简单如心，澄澈透明

完全忘记了
　　　沐浴一次
一纸逃出来须知的脸

一个人的帝国

怕走错路,进错门
不,走进来就对的
沙漠,梯田。砖塔
轨道,铁桥。教堂

去看她的华容

出来走走,看她一身旗袍
婀娜多姿的身材
把错过的容貌,今天都买回

我登上岛。有一种相见
有一袭飘逸的长发
如此,如何能忘掉天边
那一束白云的相衬

出来走走,一股子的随意
一路的芬芳
加上一层薄纱,格外妩媚

出来走走,促进血液循环
去看阿里山一样的姑娘
不会再错过只是在等老

未做好到达的准备

她哭了
因为她回过头去看

最初的念头还在船板上
一直来不及出现

未来有什么可以做的呢
现在指望先哭个够啊

在水手去西方的背后
对船桨她知道的并不多

癞蛤蟆在时间里想什么

时间就像怀孕一样
生了一胎又一胎
可日子数着数着
不经意间就倒数着
一不留神
我踏踩脚下的滑板
控制不住地冲进草丛
撞上一只癞蛤蟆
　　　　我纳闷
它为什么一直趴着
它为什么不懂得躲避
它为什么不远遁山林呢
它在想什么
我替癞蛤蟆想很多很多

眼光约束了人

蹲着茅坑
　　　　无论胸襟如何
两脚都是扯平的
夺走了跷二郎腿的风头
如此自然
却总想避开别人的眼
借此把我和你
划变成不一样的人
这，也沦为一种权利
彼此熟知
　　　荒谬

锅盖下的一炊烟

风很安静的
夜不能寐

一台旧式老风扇
剩余两片叶子
希望我午夜后回应一下
等待我去见证

等待另一天。我终于
揭开老祖宗留下的
一个木制圆形的锅盖

热气蒸腾
　　看着火车匍匐走了
一代人哪，一炊烟啊

烙印

留下吧！留下烙印
脚印、手印，甚至心印
我在人群中走过

音乐、读书、茶艺、舞蹈
你在吹一首古老的竹笛曲
轻柔的笛音，宛如浮云飘游

看，山谷口，像诉说着
一种谱在心窝头上久远的爱
你，让我停下了脚步

一把泥的躯壳

一把泥土,埋着你我的今生今世
太阳、月亮、雨、雪、风等等
都曾从上面走过,还留下了根
雾,时隔着村庄也左右扩散开来

你我再不说,再也来不及了
说出你我那不为人知的秘密
因为啊,那把黄泥土
将被捏成陶片烧制
然后,等待新的时间一层一层脱落

你我也通过埋在无人管的沟里
做出自己对一把泥的一段判断吧
假如没有死亡,我将把你喊醒
那样,你我就不用再害怕低头?想
一把泥土的摆放位置

放学后

一个故事与距离到底有什么关系
我的笔,在纸上已经画出很长很长
　　　昂扬斗志
从头望起,没有句号符号
却有一串串珠子状的省略号
　　使我好奇
探究那里面是否埋藏着宝贝
也许可以再冒险一次
我就有可能触手可及了
那么,这个距离就在眼前
那么,故事陈酿何时发酵的
　　　轻轻触碰,来到了门槛边
一群蚂蚁乌黑黑也在忙碌着
接下来,故事结局能否找到落脚点
那又有多少喋喋不休的日子
我用多少加减乘除算着距离数
我走过,无人区。把月亮独居山中

一根稻草绳

这样真的好吗
你缄口不语
　　　哪怕婉转一点
令可怜的旧瓦当屋、老妆台
陷入了枯黄的窘境

至此，那根稻草绳
留着辫子
替补为妆台扮演着
另一种酸涩的角色

从此，再也无路可逃
　　　阡陌小路已封
学会了多了份守望

深邃的远方

回家的路
天空如此爽朗
你赠我一束玫瑰花
也带来了荆棘的刺

门外的路
生活如此兴趣盎然
问题总是一天就过完
然后错过排队
　　　　吃空饷

雨中的锈色伞

我是一个不爱做试验的人
雨却下如此稀里哗啦
手中那把上了锈色的伞
被风吹得翻卷
　　　风，就这样
不但干成这件事
还将雨吹得飘淋了我一身
　　　　　当然包括
我戴的一副近视眼镜
就这样，念步前行着
如果说有什么酷的梦想
余下的时间
不要再被前面的路子嫌弃
　　　哪怕泅渡过河

在退回的裂口里逃逸

退回在时间的裂口里逃逸
看人间百态,刷微信朋友圈
有几分熟几分辣
你忘记了默默无闻,直到逝世

一边是晕眩,一边是狂热
一边是规则,一边是沉默
品一盘白切羊肉,外加放一根白葱
在眉宇间沉思着白天里禅悟的禅修

故事都有一个壳,有个核
就像白天的壳是黑夜的核
黑夜的壳是白天的核一样
互相都脱不了干系,越不过界
在世间往来见证着各自的一段距离
而却裂开着永远无法相见、相拥

雨水第二乡的签

每一滴雨水淋下时
没想到都会湿写几个字
我总觉得需要与它讨论一些什么
　　（感觉很有必要）
坠落的感觉，飘零的感觉
以及此刻与我相融的感觉
　　　然后
慢慢地长出注释及遐想的差事
在他乡去揭云雾的缭绕

充满变数的聚合

一座冰山处于水面之上
发布公告，科学预测，白皮书
非常正式：官方公布
一组组数据魔方。神话与摸象

因为，下一个出口：本来就是试错
以便为下一期答案揭晓时
参照提供更有力的佐证

晓一晓，闻闻看，再输入验证一下
这一味千年的佐料，衍生品
保质期是否为永久牌的一档

初熟

爱在海边，有天上的星星照看
我绕过夜晚又何妨呢
我啊，满怀着竭力接班，保持着
夜晚周围的一片静谧

我又面对着什么，又遗漏了什么
好不容易爬过夜晚的几道坎
可迄今为止，夜到底——发生什么事

我闲着也无禁区想啊
如何才能让白天的出租屋闲置不住
别让那个吻啊，仅成为一个广告
然后一点点被侵袭而潸然泪下

阳光里的回声向上或向下

酝酿着一颗靠岸的心签约一片阳光
附赠一顶艳美草帽。纠缠了千年

大峡谷里,我还欠他一个回声
届时让石阶一级一级拾回
储放在山顶上云浪的襁褓里

今日受青睐受遥望
何以至此,如此分辨着色彩与声音

再望一眼啊,等听下一场的呼唤
明媚的阳光啊,抬得很高很远
比天薄比山厚。或短暂,或淡定

夜里风铃的原型

一个失眠者，只需一个疑问
一个风铃
吻她，呼吸她，磨损她
二十四小时的长辫子
再也不敢怠慢一秒

我啊！患上这口心病
再也没什么可过滤了
绕着八面小城古道
仿佛我也如古人在异乡
夕阳西下骑着一匹瘦马路过

楼下的夜啊！我满眼的斑马线
如此不回避的会晤
耽误该做的事什么都没有做
还沦为不能自拔
麦子熟了。还丢落了自己

路子上留下的轮齿

车轮在路上跑啊
路子依旧铺躺地上,没有蜷缩

车轮跑啊跑远了。也近了
因为路的尽头一直在车前
以及
车尾有一段轮齿碾过的痕迹

第五辑

阳光照在山岗上

坡不肯衰老

远远的,不要用容器盛装过去的一缕烟
河对岸,那是二十几年前的坡
如果不出意外
我可以安然站在风中度过花瓣谢落的日子
等待下一季的渲染
自古以来,凡入世的遇均握有一张返程票
久等了。下一站码头,或已老旧

阳光照在山岗上

我听说，所有土地你都已占有
唯一的代价，就是高空悬挂着
我如同一个路过的客人
感受着你的体温
下一步还需上山采摘一些野果
这时，为日落留下一滴果浆
乳白色，甜甜的、黏黏的
也滴落在一些沙土上腐蚀发酵
一旁边上
一簇蘑菇像从天而降
一同见证已松落的阳光和空气

智齿与谁有何干系

我会尝试很多种方法去解决
睁开眼看到的路、草、树、鸟等等
　　它们站在海边映衬的关系
但没有人会凑上前告诉我某些办法
这不像一个中年男子长智齿的疼痛
　　如此受苦，如此简单
很疼。老人们会喜欢用一口
曾经轻松掉光齿的嘴送上一个方案
拔掉它，只需几滴泪，只需几分钟
你看
　　外面阳光会变得如此妩媚
我默默地看，落日下飞过一只蝴蝶

我的一个生命和灵魂

我是谁，我绝不说玷污自己的话
我无须躬身自问。哪怕粗俗鄙陋
我有丰富的头衔：疯子、傻子、背叛者
我是酒鬼、懦夫、赌徒、吸毒者
我这样复杂，弄乱了你的眼睛
我就是一个个棋子、一团团谜
我丢失了生命和灵魂，你到处寻找
我已入行18年，却没有一个诀窍
我一读就错，第一天开始就产生了怀疑
我独行桎梏，圈圈点点。我分歧了我

风有一个梦想的机会

等在婆娑风口中，只为等你
借风吹一曲《少年往事》
让爱我的人走得不再遥远
愿你放下清风，倾听我这一曲
因为风吹过了，歌声也会走远的
再也不知道中间歇停
一杯老酒下肚后
屋檐下，何时还会漏起风

勾兑瓶底的酒

抱着一片梯田，当地深处
随便犁三分地
领回一瘦地瓜。另起灶炉
锅底啊，比天还厚

添点料吧！犒劳一下自己
烹饪出地瓜味儿
飘飞出的味够到勾兑残留瓶底的酒
汗味儿啊
滋养着你休迟疑啊

时钟坏了,遭到时间的遗弃

你开始让我过上璀璨的生活
我来此第一站就碰到
看和什么做比对
因为我和你如此亲近

你能给我智慧,你有你的职责
有些事值得心绞力碎的,不能乱晃
我由衷与你说

和你解释标题毫无意义
你感觉到一头雾水,要喝杯茶吗
由你控制破译那种程序,多么孤独
而我静止不动
时钟坏了,感觉被时间遗弃

有那么多疑问,而时间却那么短
我没有这个习惯。并加以改进
一扇门被打开,另一扇门则被关闭

天穹接近了靠近了谁

所有坊间故事的结尾
一年不如一年。唯一剩下的是雷同
我已经看得眼花缭乱
却总有那么一个位置留出不期而遇
我试图逃脱,或远或近
至少那样我可以看一下高空
低头回忆过去的一些时刻
萤火虫无处不在,有时一对一对飞过
在上个世纪,我就已经降生兴化平原
换上今天,现在称谓是一零后
时间没有固定的标签,也无法阻挡
或者承担历史或接下来的责任
故事顺着天穹下行云流淌着,讲述着
一艘客轮失事沉没在无边的海洋里
距离距此很远,时间距今很近

时间赚了世界上所有的活

活着，不是每个人都在为了
追着海棠花儿开
草也有在夹缝中扎根茂盛的
当然，草原上也有一池春水
使用不同的时间，看看不同的地
看看不同的物
前面的马儿啊，你慢点走
等等，问你一个问题
你吃什么东西跑得这么有劲
你现在要去哪儿

抵达

我读你千遍也不厌倦
我享受这所有
好美啊,也可以听听雨
没想到可以如此醉美
语言是无法理解绵绵细雨

这是我的入怀
渐渐懂得不离不弃无字的宽窄
什么也都不想
串一条项链,套挂胸间彰显着
你懂得也成了风轻盈的微笑

那时刻的来临

时间像闹钟一样
调一调总会有的
等等总会响的
但不知道哪一刻哪秒后响起
今年这个夏天
应该可以让我吃几块西瓜解渴
日期可以截止至
秋天到达的前一天
然后，早上醒来
看一院子的绿树花草
慢慢等着时间
从秒针自转起锁住大地的厚

喜悦登临整个一天

早晨,鸟儿们集中地鸣叫着
　　我从梦中醒来
今个儿,别再耽搁
像此刻一样,醒来什么也没做
却也能听听窗外一片鸟鸣
也许,足以博得我一天的欣喜

就这样,和以前一样
我躺在一天时光开始的臂膀里
退出梦中狂跳乱舞
　　并勒令其出境
　　把时光里的一切
都卷起带着向梦的郊外奔跑

空中的浮云,都喂给了蔚蓝的天
　　　在那宏廓的天
钦佩云爱得天最深最远

星星的背

月亮来了,星星也多了
像以往一样
我也是望星的一族
我曾经和一盏明灯一起为你逗留
仿佛那时我们是浑然一体
一个在天上,一个在地上
我窥探到四周充满着安谧。此刻
像浩渺海里的平静,像得出奇
哦,我从哪里来,心若能隐瞒
但愿你一直高高挂着而无从回避
然后,我从你眼底下穿过山坡
走吧!背着已远在他乡

文明的狂者精神

来到郊外,一切不是这个圈子的郊外
但时间可以是
过去的百年或者未来的一百年

我的书房有一幅字画《松鹤延年》
见证人间词语:文明的狂者精神
我、字画,这个书房会好吗

本文的主题虽然是自然的
但我断言定能找到一些例外
因为自然中会有雌雄、阴阳、动静

在那里,我视野辽阔无垠
比如,只要我来到了郊外
看一对匆忙的孪生姊妹花儿凋零
哦哦,这儿独有的悲凄
——快走吧

他走远了就让给他吧

笨头笨脑的我,像某种契约
去观看与倾听

端坐、诉说
在这里准时供认,愈加精彩
却从未念头去打破它

尽管我本着自己的性格
放在那儿。鸟儿飞过
只讲属于自己存在的故事

一切都是值得留下足印
不用花下力气试图逃离
这才是最贴近事实的清晰脉络
可这样故事的结尾毫无悬念

仿佛只剩下凝视的双眼
——就让给他吧

蚕丝

蚕（卵、幼虫、蛹和蛾子）
一生如此优雅蜕变
气息深处，似呼唤

丝一层一层又抽给谁
如此长，常留人间
　　它竟然死去了
却不是死在自己的怀抱里

蚕袒露。摆在神龛里
　　丝——
我不能随蛾子同去

水云无我

人生念曲
一枝以私
为爱为生
为恨为死
唯之生求
失其若心
曲尽影息
忘其持至

汗水

芸芸众生
一切为了汗水的回首

枝头上的蝉
未成熟的小豆芽
未丰满羽翼的小燕子

太忙碌,错过了
停下来擦拭一下汗水

等你清闲了,走近了
擦擦一场唾液的筵席
　　　下巴上沾了点唾液

看雨

下雨了，也可目击他
在神性的殿堂前
每一次雨水的滴落
都似向天新一次的鞠躬
   只要我能歌唱
我想朝天以此表示敬意

很少会明白
唯此的亲近让我变得愚蠢自然
   与头发蓬乱无关
我分享了
   这个秘密，我满怀欣喜
雨下得什么都瞒不住了

另一旁的天空裸露外面
太阳也应该要落山了
一天，仅此一次而已
人们，都会用
   脸色与语言谈起他。聊天
补偿了暂时不存在的记忆

辽远的脸庞

有时候记忆会被提起
整张脸无论老少
都避不开惊醒

一切为了期待与她相会的岁月
无论隔着多少轻风
　　怎能不靠近吹拂

哪里传来了声息、喃喃低语
火热的心跳
我向那个方向走去

以身为心

一颗花生
剥开壳子
一分为二
不可原谅
归来西去

掠不走的夜

推不开那扇窗
不是剩一个下午的瓜葛
因为可以结束了这一天
却也要同夜呆一起
去擦亮明日的脸
不久的最后
安排窗外一湖湿漉漉的水收场
远方
有一种可能
趁夜黑，模拟心跳的厉害
予以照顾对铁轨的误会
大地是温和的
包括那一份遗嘱

大地上的无北海

从今天起,别来无恙
无法抗拒乡土的行走

古阶的路
时间在怀

一老一小
有个农民
只顾看海

天空下
让出一出一出戏剧
向大海喊一声爹

浅浅无期的步伐

你走了又来了
只是临近黄昏

太阳还是属于少数
　　　只有一个

我还需要一盏灯
来安慰夜晚一望无际
　　　　　如此
在你精心安排下
我捉摸不定地
找到存在的形象

天空，闪着微光
据说，那是远去的时光
却没有隐藏好
就像我的嘴唇也流露着
颤抖的痴呆

驶进时间港口里的译制厂

经过那些岁月
时间来了
我得走了
即使不远

接近背景了
感觉有些拥挤了
如摄像镜头
聚焦、收纳、往外张望
可,也超越不了
离,山里远了
回不了家了

望江南
庭院沈沈与若雨
忧云霄
长桥不复影相随

附录

精神的独旅

朱谷忠

记得在沈丙龙与倪伟李俩人合著的一本诗集的序言里,我曾浅析过这位莆田籍青年诗人的作品,认为他的一些涉猎现实以及他对社会生活方面凸露的人性和人情关怀,在他诗歌的字里行间表现得很是充分,写得不拘一格,坦然、客观,因而初读就打动了我。之后,细读之下,还发现沈丙龙的诗,特别善于对细琐的事物进行非常态的描述,但意向明晰,角度独特,不屑掩饰,心灵澄明。不过,当时的我,还没有写出内心的另一些隐约的感觉:即认为通过沈丙龙的作品,发觉他的心灵中,似乎还纠结着一种对社会生活中许多琐碎过程和现象的表达,有温度,也有悲悯,这使他的诗出现与他人不一样的色泽和内质。而这些过程和现象,在他身上,似都能找到属于他的某种性格的特征——有时是对时间流逝的无奈,有时是对尺寸长短的犹疑等等,不一而足。这种特征又似乎是他社会生活观察中或说是他生命中持续的幻影,在一定程度上成为其精神上的某种倾向和偏爱。现在想来,这正是他在写诗中特别选取的一个角度。

最近,我又有机会读到沈丙龙新出版的诗集《四合院里的风雨》,以上的感觉似又得到了一种印证:沈丙龙对他接触和认识的事物,除了有多角度的表达,对事物也有多种沟通的通道。深入看,有时乃是一种复杂的心理凝聚和多变的组合。诸如他写《隔岸》,原来是对梦的追索,说"梦醒了,要一道一道翻译";说《磁带》是"一个盒子,盛装着声音的遗产";而在《一块肥皂》里,从"搓洗"到"变形",他看见"它张嘴的模样";想象之奇异,让人暗暗惊异。类似例子当然不止这些,譬如他还"看到画上的路","一直走不进去,也走不到尽头";雨来了,又发现"雨有点老"……这一切,读后就会发觉,那还真是人们在生活中不曾用心去想过和不曾留意的东西,但诗人却留心并写出了,并且写得不艰涩,也不夸饰;有些篇章,几乎是一种直陈,虽过于简约,但也有味。最重要的是,阅读他的这些诗作,感觉还可渗进读者的理解。这种理解,实则是一种自然的互动,最终使人脱却读诗中出现的一丝沉郁、几分率真,在心中留下了些许沉静。

阅读沈丙龙的诗,我还有另一个感觉,即发现他对诗的意象的寓指,其实是十分自由的:梦想、神性、风雨、孤傲、希冀,他总是在不同题材中抓住其一,不管是从《四合院里的风雨》中,或在《一坛酒的日子里》,《恍惚》成怎样的《另一副模样》;或是有时从沉醉的晚钟中,从四季的某一刻召来的灵感,他都旁若无人地进行描写、追索,透着他隐隐的叹息以及对自然与真谛的服膺,使他再次或重新认识生活原本的轨迹,说出他想说的话,从而把心投射或安放于许多不为人知的角落和时刻里,并且不得不慨然叹道:"黑发符合审美要求,白发显示年龄成分","一滴水是一丝不挂的",但它能"自由生息"等等。这种从对社会观察切入和对人生、自然形态的解读,常常让人觉出他不同的思维。当然,这种思维必须用心细读,才能流连其中,思之再三。

事实上,诗人沈丙龙是从一个普通人的视角来看取自然社会与人生的。对有一定生活经历的他来讲,面对过去和现在的一切,他肯定也令自己在某些时候心情跌宕起伏过,但他没有去表现那些所谓的大悲大喜,反而试图以他的细小的叙述穿越人间万象,以一种独特的质地和韵味,不慌不忙地展示他的内心世界,甚至不畏琐碎,以执着的感悟去影响别人。无疑,这正是在他的诗歌中想表达的一种异域和他的一种精神独旅。

当下社会,一些作家很容易会被庞大的经济巨浪所淹没,他们的作品让人记住的不是人物内在的精神,而是表象之上的风起云涌,当一个时期的历史潮水退却之后，人性的善良与仇恨、灵魂的罪与罚，都在作品中荡然无存。由此想来，贪大求全，绝非作品的生存之道。而立足于本土，以独特的个人体验折射人生，才是对精神血脉的追溯和确认。当然，作为诗人，还要清晰地看到，语言是诗歌的一个要素，要素直接决定了作品"表达"的准确性，这是对诗人写作功力的考验。在以往和现在的作品中，沈丙龙对他的诗歌题材有自己的把握，也沉溺于抒发一些事物的内心，但他有时过于在自己的体验中寻求超越，词句的采用、表意的清澈饱满显得不足，而敏捷的思维在自由穿行中如何捕捉正确而灵动的形式，还显出功力上的某些缺漏。这一些，都有待他今后正视并努力补正。

纵观沈丙龙的作品，如同他自己所说的那样："我有我的文字，一张发黄的牛皮纸，上面划写了不同时期的复杂痕迹""像一块碑上的注解，以便保持着与时间的距离"，这在一定程度上表明了他的写诗立场与态度。我欣赏这一点，但我更希望他能够把每一时段的创作都当成起点，不断发挥自身的优势，以更多的新意构筑丰沛的形式与内容，把自己的诗歌引向一个新的高度，引向一片生机盎然的澄明之境，写出更具时代精神和厚重的生活与历史感的作品。

2016年6月于福州

（作者系福建省作家协会副主席、一级作家。）